U0661212

戴蓝手套的风

傅云诗选
1997—2017

傅云 著

长江出版传媒

长江文艺出版社

蓝色的幻象之风

　　与傅云相识近二十年了。那时他刚刚从校园步入社会，充满了年轻的锐气与诗情。他像很多青年诗人一样，作为刚刚进入北漂行列的打工者，满含一腔激情到《诗刊》编辑部走访和投稿，我在值班时接待了他。诗虽稚嫩，但生命的气息扑面而来，给我留下了很好的印象。后来他的作品多次在《诗刊》发表。我曾邀请他到编辑部工作，但因多种原因没有实现，但他并没有放弃对诗歌的追求，一直在潜心写作。

　　后来他在北京从事广告工作多年，事业的开端，生活的琐事，青春的诸多无奈，一晃竟过了十多年。这期间我们联系很少，但他热爱诗歌的初心未改。

　　前年，他打电话给我，希望我看看他写的一些作品。他说这些年他一直没有投过稿，但一直在写。因为以往的好印象，因为面对一个追求诗意生活、不投稿的诗人，我心中有着一种格外的敬意，便一口答应了。

　　他的稿件没有辜负我的希望，依旧保持着以往的明朗与真挚。他准备出一本诗集，作为对这些年的写作的一个总结，希望我帮他写一篇文章。诗集的稿件在我的案头一放就是两年，因为我繁杂的工作，文章一直拖到了现在才写。时不时地翻阅傅云的诗作，有了一些随感，也伴着一丝因时间过长的歉意。

　　我有没有问过傅云是如何开始写起诗来的？记不太清楚了。但从作品看，就知道他是一个敏感的人，是一个时常沉入内心幻象的人，是一个对语言有独特理解的人，是一个有诗才的人。

他的诗出于对生活的体验，是生命的直觉，有着所有青年人所拥有的浪漫的激情，行文干净、明朗。字里行间潜在的那么一丝青春生命中无法实现的惆怅，令他的诗具有了缠绵而感人的意蕴。

在阅读傅云的诗时，还有一种不可忽略的感受，那就是那些和现实相关联的幻象与梦境，有时体现为浪漫心性对传统古典之情的超越，这令他的诗在明亮和美好之中具有了不再单薄的、趋于沉稳的背景感。

对于一个诗人，这些特质是多么难能可贵，只有写作者才会有更深切的体会。

傅云这本诗集由71首短诗、3个组诗和2首长诗构成。它们是写给童年、青春，写给生活、生命，写给故乡、亲人，写给自己的生命与向往，写给内心的追忆与激情的。它们同这本书的名字"戴蓝手套的风"一样，是吹过心灵的风，是蓝色的幻象之风。

祝贺傅云第一本诗集付梓，这是一个纪念，一个对生命与生活的纪念，也是一颗真挚的心灵对自己的奉献。

是为序。

林 莽

2019 年 4 月 8 日

目　录

短　诗

我　们

远远山里在刮风
蓝色岩石蒙上灰色的雾
我们说着话儿散着步
你光滑发梢抚触我迷惘的眼

路途很远，黑夜也很远
结实的太阳正慢慢绽开它的花瓣
你说：这两只早熟的蜜蜂
是过于聪明还是过于糊涂

哦，下吧下吧，二月雪花
让我们坐在最精致的席子上
穿越这些耀眼而寂静的年月
时间偷走我许多东西

一直不忍心偷走你
你比原来陌生了可越是亲切
你脸上有了斑点可越是爱笑
你看你看，那片星光下我们的家

1997. 2

蓝手套

云里有鸟的声音

人的影子暗紫色河水流向远方

从肩膀垂下来枯黄的稠密的阳光

植物开始凋谢。我们是什么

黑燧石的箭头峡谷里呼啸而来

贴着我脸的右侧始终悬浮

穿越煤、银杏树叶簇、月光

悠久的一瞬，秤杆上哪颗准星

壶里的酒灌入大海，那七只海豚

黄熊卧倒时化作青山连绵

我们仰望天空，闪电的镰刀一晃

明年，明年春天燕子会衔来金葫芦籽吗

把白鳍豚吊起来点灯

现在是灭种过去是发明

被压进长城墙垛里腐烂，长不出青草

过去是暴政现在是文明

井里有张月亮的脸夜夜呼唤

那些跳进去的石头仍旧渴死
火焰里散发玫瑰神圣的芳香
那些惊惶逃离又远远围观的都是野兽

坐下来向弟子们传授经典
美悬在头顶宁静得不屑于毁灭他们
虽然你们中有一个人要出卖我
——我们是爱美的人

去沂水里洗个澡，晾晾衣裳，唱着歌走回家
家里有位白蛇变成的女子在等你
你知道跟着我会经受多少苦难吗
知道。我爱你

贫穷，疾病，知识，正义，今天是斗争！
哭泣吧，孩子。此后不要再哭泣
即使地震，即使父亲死去，即使核爆炸
如果乳房里有眼睛，肚脐里有嘴

五月。花园里凉爽芬芳的长木椅
那只栖息的蝴蝶可是你
我清楚地记得这些花是我去年的血
我清楚地预见：我将流血

哦，这只巨大的蓝手套或者黑手套
当冬季结束了而春季不会再来

你是否会抛弃它里面那个太阳和所有星群

独自拥抱心爱的地球向自由陨落

1997. 8

最后一场雨

背靠十二层楼的墙壁
仰望天空
无垠雨水冲洗这张岩石的脸

瀑布下的鹅卵石
雨，把我冲出这座城市
冲向辽远的星际

茫茫雾中十字路口
站着那个独眼巨人
红眼睛，黄眼睛，绿眼睛
蛊惑我做一次没有准备充满意外的旅行

所有汽车旋转无数个陀螺
被雨水抽打着
卷起哗哗潮水四面八方流去

整个世界
从今年最后一场雨中
凋落

雨水漫上来淹没，在雨水

凝结成巨大的琥珀包裹这个世界

之前

给我以石头，给我以火！

1997.11

沧桑北中国

秋风呼啸走过镀满霞光的高原

紫色的古老的土筑长城

在白蒿草无垠的摇曳中安眠

头顶一群岁月的鸿雁

不死的巫女们吟唱咒语的歌谣

神话里巨人摊开一只手掌

黄河滚滚，驿路迢迢通向长安

壮丽的纹脉从此显示光荣与苦难

今朝，大雪漫天飞扬

一方绣满象形文字的白手帕把五千年覆盖

子夜静静闪光的北斗星

三月最早飘摇的红风筝

永恒的默默无言的苍天啊

那片遥远的不再回来的云

哭泣着诉说什么

青铜剑化做闪电，战马化做雷

在暴风雨倾泻的祖先浑黄的墓地上

无穷无尽翠绿色麦穗正举行盛大舞会

年年五月，相爱的年轻人

来到大槐树浓荫里刻下自己平凡的姓名

1998. 6

日落之歌

从黑色山巅无言颤栗中
火红的香甜的岩浆缓缓淌下来
那里有颗灵魂被浸透了……
遥远的充满史诗激情的岁月

蛇，历经万千劫难的蛇
当世界又一次辉煌沦落
当美开始变得恐怖或恐怖开始变得美
你调皮地吐了吐舌头

鸦群长生不老
一起拍着翅膀快乐叫喊：
夕阳夕阳，神话里飘零的红芍药
让我们疯狂啄食你忧伤的蜜……

生与死。爱与恨。永恒与虚无
云，大海尽头正在上升苍茫的云
那里有片嘴唇被白色潮水哗哗漫过
痛哭吧！逐渐冰凉的暗蓝色的一生

1998. 7

金 帐

——写给海子

而我，我还要去寻找那顶金帐
荒凉的小羊被风干的原野上
盲眼的春天独自边走边唱

把硕大的酒囊系在腰间
带上两块黑色打火石
这时，一只住在我乱蓬蓬头发里的乌鸦
发出甜蜜又沙哑的巫语：走吧你
孤傲的无人知晓的浪子
死不悔改的浑小子

听说那顶金帐是海子穿过的一件旧衣裳
听说那件衣裳挂在二月湿漉漉下着雨和雪

从那雨雪迷蒙的深处，最深处
传来一匹白马神性的疯狂的嘶鸣
听，在这茫茫夜色的草原
它像蓝莹莹的磷火，在召唤我！

1999.3

冬日·332路车站

凌晨六点。尾气。寒风。
臃肿的脏棉衣推来搡去
这群求生的蟑螂拼命挤入
一只躺倒的空暖瓶
对着外面缓缓后退的广大世界
漠然呵吐口臭弥漫的白气……

啊，人生多么冷酷多么辛酸
多么丑陋而茫然！

可是，一个少女，纤柔地
对着窗外，对着谁？
忽然一根火柴似的笑起来

1999.12

世纪末雪夜

雪。多少亡灵
无声无息。道路上的泥泞

这是一年中最后的晚餐
二十世纪最后的黄昏
《神曲》三卷所有的词
发生雪崩
多少蛋糕，多少刀叉
砸向现代人的鼻梁与嘴唇

灯火辉煌。钟声回荡
今夜，世界之上那么多白裙子是谁
她们在说：哦，舞会结束了……
她们在说：哦舞会开始了！

暴风雪，暴风雪
六只脚趾的雪豹
日出之前和我抱在一起翻滚

1999. 12. 31

泰 山

随着松脂溅落的一阵颤栗
你从一个少年翠绿的梦中升起
巨大的石斧，赤裸的石斧
太阳，一朵远古红杏
从你寒光耀眼的斧刃
破壁而出！为一万个春天悄悄遮掩……

哦石斧，是哪位神人抡起你
把大地劈为九州
然后把你插立在黄河的下游？
那涛声太远了——
我只记得是你割开我嘴唇
使我哭泣着看见最初的光明

2000. 1

消逝的梨园

颐和园东墙外一段路
大片燕群正在横渡
此刻，我一抬头刚好看见了它们
其他人都行色匆匆
其他人淹没在喧嚣的车流里
惟独我听见几声鸣叫
来自午后四点的高空

此刻，这片燕群忽然越过高墙
从二百年前出现
一群小小的青衣花旦
她们吟唱几句无从知晓的戏词
然后挥挥衣袖，悠然消失
纷纷梨花落下来
白色鸟粪粘满我的牛仔服

2000. 4. 27

秋雨潇潇

立秋第二天夜里
一场雨水潇潇，凉醒了我
黑暗里紧了紧被单，静静出神
潇潇，有股潮气弥漫进蚊帐
无声无息渗透毛孔与肺腑

潇潇，今夜有多少叶子雨水中变黄
一年又要过去，我不曾做过什么
潇潇，今夜我听见父亲在故乡磨镰刀的声音
麦子熟了，属于我的那把镰刀
父亲还会磨吗

临走时对着亲人的白发许过一个梦
默默的一个梦，翅膀咬进牙关里
多少时日我已开口无言，多少羽毛
已被咬碎，满城风絮
血红地映亮黄昏。异乡之春

今夜，醒来时已是秋雨潇潇
潇潇，一支古老的箫歌
雨夜石板路上，多少游子衣衫湿透

九百年前，我也许是一个进京赶考的书生
马蹄声里所有功名爱恨，长满荒草

潇潇，今夜在异乡窗外飘摇
这座郊外旅店，还是从前那座古庙
雨夜下京华，还是从前异乡
潇潇，深夜梦见在云层里收割月亮
醒来硕大的一颗颗晾晒在脸上

2000. 8. 8　北京西郊

无　题

墨绿的树。橙亮的霞
橙亮的树。墨绿的霞
一道河岸寂寂。一张白色凉椅
一朵火红的玫瑰里一个人影
一闪一闪……

远远汽笛声。鸟鸣。虫叫
风吹过树梢。一片片树叶落下来
落在头发和肩膀上的叹息声
轻轻地跺脚
压抑的着凉的咳嗽声
外套在椅子上的裹紧和辗转声……

露水和草的芳香
隔岸灯火人家里飘来晚餐的芳香
手指间淡淡烟草味芳香。体香。发香
口里呼出火热湿润的芳香
眼睛里渗出来雾蒙蒙蚀骨的芳香
记忆中的芳香。
火烧成灰的祭奠的芳香……

2000. 10. 11

石器时代的爱情

那时候我不穷

我有一堆光滑的大石头

那时候我不丑

高高的眉骨厚厚的嘴

那时候我看见树上坐着的你

毛茸茸的胸脯结着两颗硕大的桃

我馋得想去摘，你不给

我扑上去抢，你给我一巴掌

从此我对你又好奇又畏惧

我打来一头狮子送你，你不要

我点燃一堆篝火又跳又怪叫，你不理

从此，我开始有了梦

最初的梦就是开满桃花的你

后来，有一夜。哦……是哪一夜

你湿漉漉从河里上来

独自用白茅草擦拭自己

我蹲在一旁悄悄看着你

这时，一块又大又圆又亮的石头

从河那边升上来
你望着那个东西渐渐出神，忽然
哭泣着扑进我怀里
我抱住你时还不明白为什么
只是浑身不由自主颤栗

那一夜我收获了你的两颗桃子
那一夜我尝到了爱，尝到了苦
那一夜，我们部落有了后人
我们氏族开始了五千年文明

2000. 12. 15

一个人

一转身离开故乡雪和灯火的人
城市黄昏四处打听房租的人
节日里翻开电话簿又合上的人
写字楼里来去悄然的人
夜里着凉梦见母亲热毛巾的人
高傲的被一个字折磨得冷漠的人
在现实下面淘不尽又磨不光的人
在一张地图上游览祖国河山的人
还有一匹马在远方，还有一座塔在云中
还有一盏红烛在心里
默默垂泪的人

孤寂啊！孤寂啊！
不在孤寂中开花，就在孤寂中凋落

2001. 2. 1

天

多少张蓝色龙皮
多少颗纯银铆钉把你箍紧
我们在鼓中等待那下一次声音

去哪儿找到一块石头
在我们手里幻耀出五种色彩
去哪儿找到一个女人
在她手里我们重新诞生

我们不过是岁月里的一场雨

秋天来了。秋天依旧那么蓝
美轮美奂地蓝，一无所有地蓝
那时苍天里会撒满金色粟米
看见了吗，我们最古老的梦就曾这样显现

一件青袍洗了又洗
晾在世界之上，被风呼呼吹刮着
多少代人穿过它，多少代人抛弃了它

天，我们写人字时总缺少些什么

2001. 3

春风四月夜

四月夜，故乡来的春风
在我黑色玻璃窗前如泣如诉

一盏台灯宁静笼罩小屋
一把椅子空空陷入沉思
书本合上，磁带转完
地图上独自走遍万水千山
低头一瞥：二十二点三刻
你不会来了

玻璃窗已是六幅漆黑油画
布满了夜的麦田。没有稻草人也没有鸟
只有春风，无穷地从里面吹过

我们是谁？我们缘何相识？
记得那天是二月十三
橘色车灯外面一个油画的夜晚
你的笑声让一段土路变得优美
而短暂。那一晚我忘记了思乡
那一晚，我梦见了燕子

那一晚，春风初次从我玻璃窗上走过
朴素的黑衣裙窸窣有声

可是你再没有来。
多久了，这小屋里没有响起过笑声
多久了，没有凝视过一个人的眼睛
深夜里想起故乡，想起漫长旅途
一颗心在最浓密的孤寂中跳动
跳动着：期待一个回音

只有春风，只有春风
多少回提着黑色衣裙从我的
玻璃窗上走过，叹息一样轻轻

2001.4

茄　子

青紫色，鲜艳欲滴的青紫色
慈悲的无限饱满的青紫色
暖洋洋的幻出光晕的青紫色

秋天褪尽一切的时候
大地雪白腰肢之上
悬垂两颗青紫色的乳房

青紫色，鲜艳欲滴的青紫色……
当人们用刀把它切开时
发现里面储满的乳汁已凝固

2001. 11. 30

雪是我的友人

雪是一位分别已久的友人
岁暮时回来与我相聚

白衣白靴白色纶巾
从一阵黄叶后飘然而至
清高又倜傥
蓦然间，这座寒云笼罩的城市
成了你我膝间一局围棋
纷纷扬扬的棋子从你袖中落下
友人，请战胜我一年来黑色的心情

真该痛饮一壶好酒
对着你，对着暮色里
如此洒脱的风景
渐渐酣畅，渐渐不羁
你喷吐满天满地茫茫酒气
淋漓而下，濡湿我衣襟

我也醉了，醉得分不清你我
友人，待醒来时
我是雪，你姓傅

我也要在一年最明媚的春光里远行

在岁暮凄凉时回来看你

看你是否依旧活在这座城市里

孑然一身，不遇知音

2001. 12. 6

长河桥上看日落

骑自行车登上大桥的人
落日在你双腿里燃烧

阻碍你的坡度和你上升的高度
成正比。当你成为圆弧的制高点
停下来：一枚铜箭头
在这张拉满的弓上熠熠生辉
或许一声呼啸，会带起脚下的桥墩
破桥而出，射向苍穹
成为黄昏里第一颗星
满河流水激荡，最壮丽的喷泉
落下来化为礼花的暴雨
洗净都城的夜空

桥依然存在
当你跨上自行车缓缓溜下桥面
落日从你头发里隐没

2001. 12. 9

林间的光线

太阳从林梢间射下光线
新生活的信号。

林间一团光雾在弥漫
我在光雾包裹中像一个胎儿
隐隐感到大地母亲运行时的震动

光线，无比贵重的光线
渐渐注满我捧举的双手
忽然，我的指缝间光彩流溢！

从脚下至林木边缘
光线渐渐汇聚成一片湖
树枝在光线中划着涟漪
鸟儿在光线中挥动小小的双桨
我，渐渐生根发芽，在光线中
在众多友人微笑的注目中
一棵新生的树，站着静静入睡

新生活，从一个明亮的梦开始

2002. 1

木棉花精

四月的木棉树下
一个小女孩在踢毽子
当我倚到三楼窗户旁时
她的毽子跃入了我视线

那么轻快有力
飞升，下落，起跳，触击
一阵风吹过
纷纷木棉花落下来

那个小女孩就在落花中独舞

小小毽子其实是一朵木棉花
在她脚背与树杈间开放又凋零
小小的她其实是一个木棉花精
旁若无人围绕树干做一项仪式

而这一切只有我看见

天色渐渐幽暗
小女孩一蹦一跳从我视线里消失

只有那株火红的木棉树

默默映亮了我窗户

2002. 4. 19

打开的窗户

打开的窗户风中摇摆
窗帘鼓动起来，晨光熹微中
仿佛女神的袍摆

街上响起扫落叶的声音
五点半，清道夫出来了
缓慢而均匀的沙沙声
扫过沉寂的心灵

一双高跟鞋清脆地敲击石板路
渐行渐近，渐行渐远
打开的窗户依旧在风中摇摆

2002. 9. 16

威海看海

一张弹力四射的蓝色豹皮
包裹一颗深不可测的心
永恒咆哮与奔突
从肉体到精神都无法驯服

阳光下，无数蓝色斑纹扭动燃烧
那肆意闪耀的高傲与神秘
令一双手渴望无数次抚摩
毛皮下滚烫奔流的血

豹尾瞬间扫起潮水
劈脸冰凉咸涩
巨大礁石在口中嚼碎，吞吐
海鸥四溅中我看见了它的眼神！

哦蓝豹，横流的野性，横陈的美
值得付出一生勇气去面对
但谁又能看透，谁最终能拥抱
你那颗裹藏得深不可测的心

2005. 9. 3

雨中槐花

雨雾蒙蒙的街道
一棵棵槐树雷声中沉默
地上积满细碎槐花，嘴唇破损
一场夜雨让她们过早凋谢

其实，开放的时候
她们也未曾有人注意
苍白瘦小，一点点香气若有若无
对这个世界没有足够诱惑

此刻，冰冷地面上和着泥水搅拌
步履匆匆的行人脚下辗转
出身微薄，注定躲不过一把扫帚

下水道瞬间张开鳄鱼的嘴
隐忍一生的归宿
那抹白色与香气，永坠黑暗

2006. 5. 15

困　倦

赏心惬意的困倦

无穷无尽的困倦，困倦

没有雷，没有风

午后原野上缓缓漫来白色雨脚

沙沙沙沙沙

一个稻草人沉浸在自我的孤独里

他草帽下沉睡一只蝴蝶

眼睑的翅膀如此沉重

一开一合

神圣的困倦，源初的困倦

子宫里荡漾的困倦

如此美妙的困倦

以至于我不想再睁开眼

看见这个世界

2006. 8. 12

曙光里

这是个普通的小区
普通得报纸信件都难以投递
只是曙光里大片居民区
一个零头

几栋六层小楼
红砖墙斑驳上世纪的雨痕
年久失修的楼门虚掩着
即使正午走进楼道
迎面也会有一股阴湿凉意
春天风沙来临时
总在半夜梦里吱呀与哐当

楼前一排槐树
还有一排也是槐树
高矮胖瘦，参差不齐
这片树荫喜鹊是从不光顾的
只有一只无人养的野猫
跳来窜去

纷纷槐花落下来

下面长椅上几个老头老太
对着一个自行车棚
絮叨千年的柴米油盐，家长
里短

更像一个废弃收容所
棚里躺满无人认领的凤凰永久
其中就有我的一辆
何时存进去我已忘记
甚至现在去取
恐怕我们已互不相识
尘满面，座如霜

今天，长假最后一天
上午小区阳光灿烂，一片寂静
几只鸽子在咕噜
几个小孩在玩滑板
谁家炒菜
熟悉的香味唤起
我少年时代遥远的饥饿感

想起来在这小区已住了三年
自离家后住得最久的一所房子
三年，漫长的一瞬
好像只在这窗前长椅上打了个盹
一觉醒来

故乡的庭院再回不去了

回去的，或许只有燕子
在屋檐下衔泥筑巢，生儿育女
偶尔探过上了锁的门缝
替我看看儿时的炕桌
留下我脚印的泥地
贴满了黑白照片的大相框
一张张笑容挂在正墙上

2007. 5. 7

雨

雨水洒落在土地上
没有谁能望到边际
无尽雨水，洒落在土地上
谁都躲不过这场遭遇

无数人出生在这里
更多人在这里死去
雨中的烟囱冒着白烟
那些被打湿的灵魂

一生走不出雨水

是否还有另一片土地
起伏的丘陵上种满白帆
男人们被日光晒得黝黑
收获期，从地里挖出成筐的鱼

不，那是生根的雨
无须洒落，已然浸透
让你连腮长满绿色胡须
连太阳都散发着咸腥味

从潮湿的毛孔临盆

一生游荡在雨中
看不见的雨水流满面颊
雨做的头发，雨做的骨骼
雨做的耳朵听见

淅淅雨水正从胸腔高处泻落
可曾有声咆哮如雷霆滚过
如果一生是场漫长的雨
究竟何时亮出？那把闪电

雨停时，终点也到了

2007. 8. 11

失忆是一种幸福

忘了吧
忘记痛与泪、梦和魇
从一个微笑开始

忘了吧
忘记那处坍塌的院子
那片星光下无声的菜园
窗台的霉味、门锁的冰凉
从一个转身开始

忘了吧。忘记童年，甚至亲情
孤儿一样没有记忆
如果有，记忆
从今天开始

最后一只胡燕从檐下飞走
晾衣绳自己在晃荡

忘了吧

2008.10.29　梦魇醒来

发光的橘子

二十岁夏天
入夜我游荡在街头
那些树梢结满发光的橘子
每一颗胀满带电的汁液
她们在风中摇摇欲坠
让我口渴眩晕

今夜回家路上
透过风中摇曳的树丛
那些橘色街灯
不过是凝固的街灯

如果我还是我
那么橘子依然是橘子
熟透了的她们悬挂在树梢
十年没有坠落
只为等待一个采摘的人

那触电的口感
那沁亮心脾的琼浆
那温暖夜行人双手的橘子

品尝一颗
要预支一生的勇气

今夜路还是原路
只是路上流尽十年时光
那些橘子
没有坠落，但已开裂
满地橙色血液
流尽了芬芳和温热

当街灯不过是街灯
我不过是我
那个清醒的懦夫，注定
两手空空走过黯淡的一生

2009. 4. 18

月夜下北京

幽暗中看见摇曳树丛
摇曳树丛中看见风
风中看见隐约微茫的花香
花香中看见一些美好　正在凋零

初夏月夜
我有一只通灵的眼睛
眼光照透护城河水
我看见河底那些卵石　前世和今生

桥栏上雕坐一对男女
月色中相依私语
我看见永乐年间他们曾在这里相会
如今一块块香囊玉佩　消磨水底

我看见灯火流漩长安街
每座驾席上都有一个猎手或归人
五百年前那同一个人单衣匹马
嘴里嚼着发酵槐花　叩关正阳门

那个深夜，有一只眼睛高悬天上

看见进京赶考的书生

看见江南才子们运河上呕吐

看见锦衣卫西厢花影下　屏息谛听

有人正思念山中雪和梅花

有人在红海上思念一只烤鸭

而我正在大明的都城

客舍里蘸着月光写一卷　禁毁小说

是的，我就是你们中那个人

我看见自己和你们一起出生

深衣宽袖，长须高髻

我和你们曾同样怀抱　押韵的爱恨

而后，和你们一样毁灭，死去

在黄花梨和景泰蓝的庭院

夜风吹拂琴弦上的灰尘

一切已经发生　什么都没发生

护城河里月光流淌五百年

一千年，谁将再次看见我驻足河边

这座都城将长满槐树还是荆棘

我只有一只眼睛通灵　另一只迷失

今夜一片繁华中，我看见腐臭

我看见腐臭上盛开月光

我看见月光下生息流转的世间
唯独看不见彼此　黑暗的反面

2009. 5　某夜酒后

无 题

白裙子，绿衣裳
白玫瑰，绿海棠

那是一个热带的四月
那里四月不认识残忍

莫名清香散入黄昏
风中陌上有谁在歌唱：

白裙子，绿衣裳
白玫瑰，绿海棠

感觉不到寒冷的地方
就感觉不到孤单

美酒和咖啡的轮回中
印度洋潮水喃喃六字经文：

白裙子，绿衣裳
白玫瑰，绿海棠

夜雨降落在瞳仁里
雷声迷失在嘴唇上

温暖黑暗，芬芳黑暗
烛光熄灭闪电绽放：

白裙子，绿衣裳
白玫瑰，绿海棠

2009. 5. 7

秋天是一只巨兽

那只巨兽就要来了

那只看不见的巨兽
从夕阳落下的地方缓缓
晃起笨重身躯
向我们走来

我们看不见它
却看见它投射下巨大阴影
一张褐色的网撒向大地
覆盖每一个行人

此刻
在灯火辉煌的都市
在写字楼一角
我感受到那听不见的脚步声
带来震颤
茶杯里漾起一圈涟漪
一枚茶叶沉入杯底

此地
栖息水泥丛林中的人类

各自筑巢于树洞或枝头
忽然所有窗户树叶一样颤抖
感受到风向的转变

就要来了那只巨兽
谁也无法阻挡它的脚步
我看不见它
却已感觉到它喷出的鼻息
几滴露水溅落枝头

蝉声无边燥热
有一只蝉最先闻到一丝凉意

它忽然变得沉默，肃穆
它开始停止进食，闭目端坐
一对透明蝉翼微微颤出
金黄的光泽。而后
脱落

总有一天
这只看不见的巨兽会踩在我们身上

就像那天
我们踩在满街落叶上

2009. 8. 10

9月25日，雾

雾海中的都城
水底的亚特兰蒂斯

332路巴士
一艘涂满艳俗广告的潜水艇
穿行灰色海水里

每个人都带着漠然表情
脸朝向舷窗外
那陌生的熟悉世界
每个人
脸上如此熟悉的陌生

我也把脸朝向窗外
灰色的海水
尘雾的海水
潜艇的航道在一条章鱼触须上
周围无数个吸盘蠕动
正喷吐尾气

间或有钢铁的鲨鱼

巡视无精打采的绿藻

大群软体动物涌过

嘴里吐出雾气、哈欠、沙粒和语言

然后，是一排排遗迹般的建筑

隔着玻璃

无声的默片，再现

如此壮观，如此荒凉

任何隆重的庆典都像是葬礼

灰色幕布下

一切曾经上演过的

又一次排练

污浊的海，沉沦的海

我们源出何处

我们将流向何方

我们是雾

我们是灰

我们就是亚特兰蒂斯

一直迷失在自我深处

总有一天

在迷失中消失，成为一个奇迹

所谓奇迹

都是些死了的东西

生命平淡无奇

2009. 9. 25

11月12日，雪

雪，白色的泥土纷纷扬扬
每个天使或飞天
裙子里都藏着一把铁锹

世界是一个敞开的墓穴
永远填不满泥土
意味着永远要死人

雪中我想起那些亡灵
他们正在雪中的天堂烤火取暖
他们比我们更温暖

白色的泥土纷纷扬扬，雪
知道我活在死人中间
因为他们比死人更冰冷

2009. 11. 12

飞行日志

八月最后一天
我从亚热带飞回北温带
秋季第一个月
我返回候鸟即将飞离的地方

一只铁鸟
一叶无帆无桨的飞舟
不，一尾疯狂的大马哈鱼
云海里横冲直撞

我绑在它腹腔内某个器官上
拨开舷窗的鳞片
窗外，白浪滔天

转头看看周围
陌生而虚幻
三小时飞行，它跃出水面的一瞬
费尽辛劳的一切，它吐出的气泡
我和周围的人
一只只行将腐败的饵

但耳畔总有一个声音在轰鸣
是否有一片庞大的候鸟群
此刻，正从某个地方起飞

那些伟大的鸟类
生来就有伟大的命运
凌驾于人世和苍天之上
每根骨头里都灌满风
每支羽管里都喷吐云

此刻，一面浩瀚的旗帜
掠过鱼背
与我又一次擦肩而过

着陆那一刻
我随着人群从鱼嘴里吐出来
涌向灰色港口

又一次
我意识到自己不过是一个凡人
没有翼，没有腮
注定尘土飞扬在大地上
一生与梦想背道而驰

2010.8.31

长途汽车

路上尘埃弥漫
无边尘网挂满两旁杨树丛
冬日正午
阳光从尘埃间渗下来
竟有一种奇妙的黄昏感

然而阳光洗不净这尘埃
就像这辆公交车上的扶手
总有一层灰擦不净

不知道这是几路车
也不知道是走在哪条路上
只是车上挤满乘客
所有人在颠簸的尘埃中沉默无言
偶尔两三小声咳嗽
随即静默

也许这尘埃永远不会落下
也许这尘埃弥漫太久了
每个人的眼白都渐渐泛黄
不再清亮

这辆车要去哪里
这些人要去哪里
没有谁回答。这么多人
这么多灵魂，在尘埃中沉默

等黄昏真的来临
我们所有人都将化为尘埃
这辆车依旧在行驶
从终点驶向下一个终点

这辆车究竟要去哪里
这些人究竟要去哪里
没有谁回答。这么多人
这么多灵魂，在尘埃中沉默

2011. 12. 1

记忆中的春天

风吹过低矮的麦茬
土地感觉自己失去了牙齿
一片片斑驳残雪
散发出母牛的气息
掩盖不住深层贫瘠和炎症
黑得发亮的是天空
正坠落冻死的鸟群
树杈高举支离破碎的歌谣
树洞里
猫头鹰在攥紧发条
空中飞过一只白色塑料袋
曾是我最清晰的梦

2012. 3. 2

鱼

昏黄的三月街头
路灯穿过树枝切割我们流动的影子
影子是两尾鱼
水泥地上游泳的鱼
它们极度干渴却没有挣扎
它们默默并鳍游动
穿过砖块。盲行道。井盖。电线杆

穿过一切坚硬的流水
却无法用尾穿过对方单薄的鳞

而这是三月
是一切铠甲开始融化的岁月
我听见花朵穿透树干
音乐穿透吉他
酒香穿透玻璃杯

心中疯狂的气泡却无法穿透喉咙
更无法把你濡湿

小酒馆门合上

我们悬浮在车河里
一阵春风吹皱河面上闪烁的霓虹
你用鳍轻轻拍拍我肩膀
我微醉的一瞬间看见两尾鱼身影重叠
水泥地漾开涟漪

只是一瞬间。它们各自转身
重新游入坚硬的江湖

2012. 3. 26

偶然必然

生是偶然。死是必然
生在哪儿是偶然。生哪儿都得活是必然

开花结果是偶然。风吹雨打是必然
是人是兽是偶然。人性兽性搏斗是必然

爱上谁是偶然。娶了谁是必然
生孩子是偶然。养孩子是必然

往上走是偶然。往下流是必然
有所为是偶然。无所谓是必然

快乐是偶然。痛苦是必然
醒来是偶然。睡去是必然

成佛是偶然。成尘是必然
六道轮回是偶然。有去无回是必然

空间是偶然。时间是必然
星空灿烂是偶然。无尽黑暗是必然

相逢一笑是偶然。度尽劫波是必然

偶然偶然是偶然。必然必然是必然

2012. 4. 14

城铁八通线

把眼球从手机微博里拔出来
城铁正穿过一片槐树浓荫
车窗玻璃布满细小的浅灰雀斑
这张夏天的脸忽然变得生动好看

车经过东五环桥下
两个环卫工人在阴凉里抽烟
一只流浪狗从灌木丛探出头
懒洋洋和我目光对视

然后车厢呼啸着进入一片黑暗
混沌的时光隧道
拖着一条长尾巴的彗星
喷射在宇宙的子宫里

前方出现令人眩晕的光亮
彗星号缓缓停靠国贸站甲板旁
所有乘客把眼球从手机里拔出来
一麻袋土豆滚落站台上

当我从一堆陈年土豆推搡中

挤上地窖一样的出口
带着粗糙的满足感打了个嗝：
这乏味的一天终于变成了一首诗

2012. 5. 24

地铁一号线

拥挤在站台上
我闻到了各种人肉的味道
裹着一层衣服的肉馅
每个都有不同的体积和重量

每张脸皮都有被命运拧过的褶皱
那些虚胖暴躁表情扭曲的
那些丰腴圆润灵魂里灌满汤的
它们将成为谁的美味

或者已被谁吃腻
车厢里及时吹进冷风
集体进入速冻状态
从脸到心一层一层显露坚硬

但我还是闻到人心发馊的味道
人肉大葱。人肉豆角。人肉雪里蕻
在冷漠的发酵的面孔下
我闻到生命一点点悄悄腐烂

唯独那个瘦弱的你

一堆包子中被挤成饺子的你
隔着衣服我感到你内心的热气
我隐约闻到你骨骼的芳香

2012.5.30

石桥上的女人

——题一幅风景画

我猜你当时定是怀着迷路的心态
走上了这座石桥
你走走看看，到第四根桥栏时
随意停靠下来
周围时光的色彩也随着你停靠下来
缓慢沉淀为一幅油画
一幅失传已久的十九世纪油画

一脉远山默默。若有若无
几株乔木纤细。似醒似睡
天空淡漠而高远。亦阴亦晴
一股莫名情愫画里流淌
正如当时有股风吹过你身后的凉亭
而你浑然不觉

你穿一身杏子黄衣裙
拿一顶宽边凉帽
好像刚刚摘下，好像正要戴上
旅行包搭在右肩
眯眼望向画外左侧

好像远行归来，好像正要出发
而当时，你只是旅途中短暂的迷路

如果不是迷路
你不会走进这幅油画
一只落落寡合的飞鸿因为迷路
飞入另一个平行时空

这座石桥或许就是连接
两个平行时空的渡桥
石桥因你的迷路而存在
既渡。未渡。存于你一念之间
或许正因为你一心执迷不悟
才在中途停靠桥栏的刹那
停靠了彼岸

这大理石砌的渡桥
承载时光与命运的重量
一种微妙的精确
横跨流动的不确定性之上
正如一抹浓郁的杏子黄油彩
迷离又无法稀释
摇曳在柯罗与莫奈之间

多少年过去
大师们已经离开人世

而你停靠这座石桥上，站成了永恒

多少人来到你面前
围观。欣赏。嫉妒。赞叹。
却无法走进这幅油画
他们无法想象自己有一颗敢于迷路的心
他们也无法停靠在这座石桥上
哪怕一刹那
一刹那，嗅到永恒
在你身上散发杏子黄的迷惘

2012.8.6

立 秋

立秋，立秋，天黑了，回家家
立秋，立秋，天凉了，加衣裳

——邻居大婶

立秋。小时候邻居女孩的名字
如今已忘记了模样
听母亲说起她时
感觉是上个世纪的旧事

那时我们活在农业文明末年
地里庄稼长势缓慢
姑娘们发育得很有耐心
天黑时，夕光从地面上升
一层一层
矮墙。鸡窝。房檐。树梢。麦垛。
最后是一群鎏金鸽子划过天空
铜铸的哨音里回荡
你妈妈喊你回家的声音
立秋！——立秋！——

这声音穿透了一个世纪
但你不能穿越回去
如今你嫁到县城
在一家百货商场卖衣服
站到九点关门。天已黑透
那群鸽子死了
不会再照亮你回家的夜路

小学三年级的女儿
趴电脑桌前睡着了
丈夫还在某条街上开"摩的"
拉够今天饭钱
母亲挂墙上看你
从厨房进进出出
她老人家去年已种进老家地里
再也长不出来

不会有人喊你回家吃饭
也不会有人再叫你的小名
立秋,你的名字注定被时代遗忘
甚至你自己也记不起来

端一碗方便面从厨房出来
你瞥见门框边订着那一摞日历
八月七日。立秋。
顺手撕下这一页

你抹了抹桌上的油污
垫在碗底

2012. 8. 19

秋天并不知道自己是秋天

秋天并不知道自己是秋天

就像上帝并不知道自己是上帝

我们造出了这些伟大而虚无的词

并——为他们冠名

但他们浑然不知

就像秋风浑然不知自己的凉

天空浑然不知自己的蓝

从哪一个秋天开始

一年中这段时间被叫作秋天

发明这个词的人

当时一定在篝火旁烤土豆

旁边围着一群土拨鼠孩子

自己的女人浑身裹一张绵羊皮

抵御从天而降的第一场露水

忽然一滴露打在他额头

他脱口发出鸟的鸣叫：秋。秋。秋。

秋天就这样诞生了

有名有姓的秋天

存在这世上已一百万年

一头盲眼巨兽
统治地球四分之一的时间
它口角滴落的涎水下
人类一代代出生。受洗。死亡。
而秋天浑然不知

秋天没工夫待见我们
对我们也没有偏见
人类所有吟诵它的诗篇
和它脚掌的鸟粪积垢没有区别

伟大而有形的是那些候鸟
唯一被秋天感知的族群
它们和秋天有世仇
它们一次次啄瞎秋天的双眼
一次次被逐出家园
开始浪迹天涯的流放之旅
秋。秋。秋。在诅咒与祈祷的和鸣中
永生的痛苦轮回中
感知自我的存在

而我们这些停留在原地的人
发明了各种吃土豆的方式
土豆炖牛肉。土豆沙拉。土豆玉米汤。
当我们叉起一块土豆放进嘴里
脸上露出土拨鼠的微笑

浑然不知自己是一颗被时光烘烤的土豆

我们吃土豆时浑然不知

自己正被秋天浑然不知地吞吃

2012. 9. 7

铁　轨

当年龄达到多少数值
你开始对铁轨之类的事物失去了兴趣

两条生锈玩意儿
前不见尽头。后不见来路
一排潮湿枕木
不。现在已变成水泥墩子
依然潮湿
那是旅客们随机撒落的尿迹
一路淋漓到天涯

多年前，这里是你梦的起点
那时你正年轻
肋骨瘦成一排铁轨
胸腔里有列火车日夜轰隆

也曾有过站台上痛哭的离别
也曾跟踪过一只小鸟
一根铁轨上蹦蹦跳跳
花枝乱颤在四月的黄昏里鸣叫

甚至，曾想过在枕木上刻下自己名字
等多年后，衣锦还乡
这里成为教科书式的景点

多年后，今天你穿过这片铁轨
在经年不散的尿臊味中
掩鼻而过

2012. 10. 12

下午两点

下午两点。天空如此明媚
一生中少见的好天
晃晃悠悠在城铁上
我驶向昨夜加班的地点

多么美好的一天
我在昏睡中度过一半
另一半如何度过
我驶向昨夜加班的地点

怨不得谁。你可以选择辞职
可以选择离婚
不用供房子养孩子
每天都可以躺草地上看好天

就像那个流浪汉
我觉得世上算他活得最艺术
怀揣六便士。头顶月亮
一生不知加班为何物

问题是我成不了他

他也成不了我

当他坐在路边看我经过

是我们一生中最接近的瞬间

2012. 10. 15

凉

凉。很难说清楚的一个字

溶解于空气中的薄荷

当你走上起风的林荫道

一小口一小口啜饮凉

直到肺管和骨头充满薄荷

血液开始澄净下来

凉没有刻度。没有体积

一棵没有根的大树

枝头开满露水

如果你足够幸运

会有露水滴进你瞳孔

从此不再热泪盈眶

不再向往飞蛾扑火的爱情

不冷不热。凉是一种难以拿捏的微妙

你独自住进旅店

调试洗澡水温

披一件白色棉质睡袍

斜靠两个枕头

所有节目切换一遍

调至无声

房间是一只霓虹闪烁的水族箱

你是一条不知身在何处的鱼

一夜梦游到天明

有的人生来手脚冰凉

一出生就带着死亡的气质

他害怕握手和聚会

他在自己的角落里独自旋转

一只白色陀螺

在宇宙的秋天里

行将燃尽。无休止坠落

最终无声无息消失

如同曾经无声无息存在

凉。纯度最高的银

可以弯曲捋展

可以放在风中

发出海螺的鸣声

无论腕上还是项间

都比不上那些炙手可热的金属

只是在漆黑深夜

它会化作一段随身携带的月光

照亮你梦中蜿蜒的路

如果凉能感觉到自己的凉

它或许会尝试改变自己物理属性
但无论怎么改变
自己灵魂里的原子
永远是元素周期表上找不到的元素
就像科学家找不到反物质
哲学家找不到终极意义
蝴蝶找不到冬天，莲花找不到菩萨
云找不到泥
我找不到你

当秋风又一次刮起在世界上
凉穿一件风衣，夹一把伞
走上林荫道
你们终究会在某个街角相遇
你看见他眼里转动露水
身上散发薄荷的气息
当你点燃自己一步步走近他
听见他在独自低语：
对不起。我不能给你温暖

2012. 11. 3

河　堤

父亲和我们坐在河堤上
泥土夯成的河堤结实宽广
季节正是春夏之交
河水清浅见底
风在对岸绿色的麦田里舞蹈
风吹皱一河流水
吹过我们脸上

父亲说这是他出生的地方

河对岸的晋北平原上
远近几座村庄
黄泥房子，夯土院墙
炊烟一条条挂上树梢
我们问是哪处院子哪间房子
父亲眯起眼望去
屋顶间有一群燕子翻飞
离开得太久了。找不着巢了

这时风从对岸绿色麦田里吹来
风吹皱一河流水

吹过我们脸上

我醒来

恍然记起父亲离开我们已十年

2012. 11. 4

一月的阳光

阳光是一层一层洒落下来的
一场明媚的雪
一场细节生动的雪
每一瓣都有透明色泽和质感
一层一层。洒落陈旧大街上

过路人影子
一把褐色扫帚试图
扫起阳光
腾起又落下。阳光纷纷扬扬
一场扫不去的雪

这是一月的下午
我坐在一家拉面馆窗前
窗外。浩大而无声的阳光
一层一层落在行人头顶和肩膀
为这些平凡生命
镀上一层高光

这场雪穿透玻璃
在我碗口热气上舞蹈

我就着积雪吃下这碗面
刹那胃里明亮温暖

独坐窗前。出神看这场雪
这场下了亿万年的大雪
我今天第一次看见
我看见阳光洒落
我头顶。胡须。肩膀。手背。膝盖。
我变成一个光芒堆积的雪人
堆放在这家拉面馆的椅子上

阳光一层一层
洒落在我陈旧的脸上
洒落进我陈旧的瞳孔
一场温暖的雪
一场永不融化的雪
此刻，从我眼睛里融化

2013. 1. 8

忽然，春天

忽然，春天如一道白光照临
在万物身上散射出七种颜色
你苍白的脸上泛出光泽
我知道你心底萌动七种欲望

阴郁寒冷的日子一直缠绕你
它冰凉的花纹印染进你灵魂
它牙齿轻轻咬噬你脸庞
它的芯子甚至缠绕在你舌头上

终于，春天把你从树洞里解救出来
他拂去你头发上旧年积雪
他解开你身上散发霉味的黄叶
如今，春天像亚当一样回来了

而你我都知道，果园已不复存在
我们要去劫后荒原上
种下第一棵苹果树。我们不害怕蛇
我们等着果子成熟。我们很有耐性

2013. 3. 30

如果有一天我死了

如果有一天我死了
把我葬在向阳山坡上
我还可以俯瞰下面这辽阔草原

只是没有狮群来我的坟地上盘桓
在坟地上阳光下追逐和午睡

或许也有一头狮子会来
但它懒得读墓碑铭文
也懒得在坟头撒尿
它躺在我棺材顶上的草丛中
眯眼俯瞰下面那个世界
它会想起我活着时多么卑微

有一颗狮子的野心
却生就一副水牛的皮囊
食草的一生
吃喝拉撒睡。逃命。交配。
一边逃命一边交配
被无形的命运牵着鼻环
一生从旱季奔向雨季

从雨季奔向旱季

直到有一天失去兴趣
我在这片向阳的山坡上停下来
难得悠然时刻
俯瞰下面四散奔逃的水牛群中
一头狮子向我夺命而来

或许这雄狮也是来世的我
生来戴着一副王者项圈
胸腔里却摇摆一颗水牛的心
在权力斗争中永远处于下风
离群索居的 loser
无聊地蹲在我坟头上
一边沉思与己无半毛钱关系的终极问题

一边丧眉耷眼望着下面那个世界

多么美好的一个世界
阳光灿烂，万物生长
一片适宜交配与支配的丰饶大地
如今我们再也无法回去

2013. 4. 5

题一幅肖像画

那是世上第一道光

你是光芒照临的第一个女人

当时你正无知无欲沉睡

沉睡中光的潮水漫过你嘴唇

最终从你额头升起

而你独自沉浸在一个光辉的梦中

直至梦想在你周围慢慢成形

一间带有窗户的房子

石砌的墙壁。世界的疆界

一顶圆形草帽。挂在时间的边缘

一只陶碗盛着鸡蛋

那个黎明的报信者还没有出生

世界还在混沌中等待一个响亮的消息

你也在等待

等一个胸腔里缺少一根肋骨的人

如此漫长的等待

等待中你独自发育成一片土地

一片站立着的土地

起伏的斜坡上

光芒勾勒出颤动的地平线

在海拔渐渐升高的地方

耸立传说中浑圆的香草山

云雾遮盖的山顶有杏花正在绽放

两山中间的溪谷

流淌牛奶和蜜

汇聚到下方脐窝的深潭

那里有幻美的鹿群出没和啜饮

上帝用目光在啜饮！

他看见一片如此丰饶的大地

没有农夫。没有蛇

累累果实自行坠落地面

空气中腐烂成泥

孤寂。漫长的潮水冲刷的孤寂

等待一艘帆船搁浅

当船体的龙骨碰撞你的海岸

我多么渴望变成那个水手

赤脚踩上你的沙滩

你那浸透了岁月的白色沙滩

留下我的足迹，我的锚！

我散发海洋味道的汗渍……

哦，当我潮水一样冲击你土地

你从停滞的时间中醒来

你泪水盈溢的眼睛里倒映出
万物和星辰。围绕你开始
接近永恒的运转

2013. 4. 13

每一晚的睡眠都是在练习死亡

每一晚的睡眠都是在练习死亡
当你关闭自己的电源
黑暗中进入休眠
你不确定自己第二天能否重启

光芒的洪水涌进窗口
耀眼浪涛拍打整个房间
你在濒临溺死的梦中呛醒
昨天已翻篇，从垃圾筐里永久删除

你并不觉得人生又一次刷新
而是下一刻就要报废的火箭
一边艰难地默数 5，4，3，2，1
一边克服身体和床板间痛苦的重力

每天一次被发射到这个世界上
重复确定好的轨道参数
无比确定的落点定位：你那张床
每天能练习一次死亡是幸运的

2013. 6. 21

美好的雨夜

汽车驶入黑色雨夜

玻璃窗挂满雨珠

街灯映照下

一颗颗流转生辉

好像一间流动的施华洛世奇橱窗

里面有一对塑胶模特

无声望向窗外

然后扭过头来

黑暗中相视一笑

2013. 6. 24

我想和你游荡世间

我想和你游荡世间，好比水流在河里

风吹在空中

我们来过，走过，活过，不留踪迹

我想和你在游荡中消磨生命

好比咖啡豆消磨在咖啡壶中

那些美丽泡沫，杯沿里漂浮旋转

薄薄半圆弧倒映不同城市街道，行人

天气，风物，掌故，彼时心情

和我们散漫而无意义的谈话

然后无声无息消散，不留踪迹

或者一个雨天，应该是星期天午后

池塘里开满涟漪，远处隐隐有雷

窗帘后面世界里

我想和你游荡在彼此身体里

我俯瞰你漫长的阿非利加海岸线

手掌掠起火烈鸟的潮水

沿着你左侧肋骨，随着山势渐渐平缓

尽处是辽阔的塞伦盖蒂草原

现在正值雨季，水草丰茂

我从草丛中一抬头，就看见

高耸的乞力马扎罗，黄昏天空下银光闪闪

我想成为一本小说中的那只豹子
盲目游荡中来到你的高寒地带
我也不知道是什么命运把我带到这里
但我同样渴望在这里死去
我想和你游荡终老
终有一天，我们游荡至生命的高寒地带
我看见你满头积雪黄昏里静静燃烧
空气稀薄得布满蝉翼
它们就停栖在我们肺叶里
我听见你苍老而安详的声音缓慢响起
到了。就是这地方。该歇息一下了
于是我们互相依偎着打了个盹
只是一个盹的功夫，我们融成一片蔚蓝
无声无息
消散在闪烁起来的星辰间

2013. 8. 7

黑土豆的一生

——悼念谢默斯·希尼

我看见你站在象牙台阶上
鞋帮子沾满黑泥炭
那是爱尔兰特有的农作物
你们那儿的土壤只结黑土豆
一颗颗储满史前记忆
火焰的芳香烘烤
值得咀嚼的爱和难以消化的恨

你也是从那黑泥层里长出来的
一株会思想的马铃薯
茎脉里流淌纯种的爱尔兰
绿色血液

青蛙和羊齿草陪伴度过童年
然后不受管束茁壮起来
眼光越过父亲肩膀
村口风信鸡铁冠
越过沼泽地无边无际的宿命
一株会行走的马铃薯
每一个脚印下都能挖出

一窝潮湿的黑土豆

沿路看见街上的鲜血
"来看鲜血
在街上流淌"
你诗句中诉说的仍是故乡
黑泥炭，土豆田
一颗颗储满
静物的愤怒，精确的悲伤
一根鹅毛做的手术刀
剔除血液里的绿色毒芽

同一片祖传田地
你比你父辈挖掘得更深
更彻底
就算放下裤腿，系起领带
有一天站上象牙台阶
我知道你脚指甲缝里永远嵌着
洗不净的黑泥
一生引以为豪的家族印记

"不朽的暗示来自童年时期"
现在，上帝暗示你可以再次开始童年：

如果我再生
我愿重生在爱尔兰原野

泥层下转世为一窝黑土豆
蜷缩在黑黝黝梦中一颗颗储满
牛粪的气息，井水的甘甜
母亲抖晾衣服的窸窣声
和父亲铁锹的冰凉

2013. 9. 8

失　眠

失眠在黑暗中
睁开眼看见我的灵魂
正端坐餐桌一角
独自咀嚼黑暗

我看见他用餐刀小心翼翼
把黑暗切割成四块
然后每块又分割成一小块一小块
叉起放进嘴里
无声无息心满意足咀嚼

这种作为食物的黑暗
比普通黑暗更黑
以致我隐身不见五指的黑暗中
能看见这份黑的质感

我看见我的灵魂
吞食黑暗
同时正被这黑暗吞食
我看见我的灵魂
切割黑暗

同时正被这黑暗一块一块切割

这种反复吞食和切割

的过程中

我陷入无休止失眠

2013. 11. 8 凌晨

三十六岁生日记

遥想公瑾当年
正好死在这一年。
王勃死了已九年
岳云死了十三年
夏完淳更早，如果当年投胎
如今已活到弱冠之年

那些比我有才有胆有识的人
都在这座关卡前饮恨折返
留下我苟活人间

我已苟活了这么久
我亲眼看见城垛拆毁。
衣冠变易。
战马绝种。
人畜繁衍。
那些押韵的爱恨埋没荒草间
废为后人凭吊的残阙
小乔们流落到沪江边一个房子很高的渔村
大多嫁了洋人
生下一堆漂亮杂种

没有谁会在意山山黄叶飞
天涯倒真的若比邻
地球是平的
我是一枚移动的图钉
活在谷歌地图某条街景中
傍晚，从公司出来拦一辆出租
一只铁笼子里的孤鹭
在暮色的洪水没顶之前
看见霞光落满两岸玻璃与钢铁的悬崖
张张嘴唇
喉咙已忘记怎么啼鸣

国在山河破
城冬雾霾深
光阴就是羁旅。天地就是南冠。
少年意气死了就死了
免得卿本佳人
临了落得做贼

三十六岁，人生保质期的截止年限
少年从此变质为老贼
血开始变稠。
话开始变淡。
尿开始变频。
两鬓的胡子开始变白。
年龄终于上升到雪线的边缘

有些积雪残留头顶
开始终年不化

苟活吧。还能怎样
什么诗和远方
不过是一年辛劳
换来十天休假
一只撒野的狗终究还得回来
世界就是主人的腚。

就是这样
如果你没有及时死去
就得准备好忍辱负重活下去
幸运的是我们这个种族
从来善于
把忍辱活出回甘
等有一天人走了，茶凉了

一生不思量。

2013. 11. 16

雪

天空深处有一台碎纸机
一台上帝的碎纸机
无数破碎的字迹，白色偏旁部首
白色乱码
从乌云深处抛洒向大地

上面那个世界一定发生了什么
没有闪电，没有雷
一场隐秘的宫廷政变已结束
一封未发出的诏书被撕毁
一头龙被处死
白色龙鳞，一片一片剥光
一万片龙鳞，一场浩大的叹息
在帝国上空悄然落幕

或许什么也没发生
只是年幼的基督在撕手纸
幸好他这时没有便意
一片两片三四片
五片六片七八片
每一片上都写满看不见的神谕：

我们最干净的时候
世界呈现为一只洁白的马桶
等待下一次临幸

但真的没有发生什么？
那个世界一定有什么话要对我们说
在乌云和大地之间
悬挂一条时空之河
无数白色帆船倾泻而下
白色的樯橹灰飞烟灭
一个世界和另一个世界的对话
或许只有沉默和战争
就像男人与女人

当一个男人爱上一个女人
他灵魂里一定发生了什么
看不见闪电，听不见雷
当他撕碎自己的白衬衫
化作天鹅羽毛覆盖你起伏的大地
神话里就呈现过这一幕：
所谓永恒，除了永恒的冲动
以及从冲动中诞生的生命与死亡
什么都没有发生

2014.1.23

母亲的鼾声

黑暗中醒来
听见母亲在身边打鼾
睁开眼看见窗帘外
隐隐有烟花一明一灭
想起这是年节
想起自己是回到了老家

小时候常被父亲的鼾声惊醒
漆黑冬夜里
我常常好奇地睁大眼
看父亲大张着嘴巴
里面有炉火的光影一明一灭

此刻鼾声中醒来
最初几秒钟
我以为是父亲睡在身边
以为自己是六七岁
直到下意识挠了挠脸
摸到脸上胡子楂
和父亲的胡子楂一样

母亲年轻时从不打鼾

也最讨厌父亲打鼾

如今人老了，头发全白了

每晚不到十点就睡意昏沉

我黑暗中蹑手蹑脚走进卧室

在母亲鼾声中睡去

又在母亲鼾声中醒来

睁开眼躺床上

想起父母这辈子总是吵吵嚷嚷

终于鼾声成了他们

唯一的共同语言

可惜父亲已听不见

我想替父亲多听会儿

黑暗中听母亲鼾声起伏

在寂静年夜里

心底慢慢生出一种踏实的幸福：

母亲就在我身边

她老人家睡得很香

2014. 2. 4

活在航线下

小区上空有一条航线
梦里总出现一把会飞的冰刀
反复划过睡眠的表层

一条不得不仰望的航线
仰望而不得见
晴空里雷声滚过
上空一定有座众神的溜冰场

透过蓝色冰层
偶然闪现冰刀飞溅的白色轨迹
犹如神迹

而我们都是冰刀下生存的人
夜里我们小心翼翼入睡
白天在雷声中默默
忍受一把冰刀反复划过头皮
小区的孩子常常瞪着天真的大眼睛
等待冰刀划过自己瞳孔

后来整个小区的人都习惯了

因为我们就住在这个小区
因为这个小区自创世以来
就建造在这条航线下

2014. 4. 25

在云端

我坐在机舱倒数第二排

靠窗户

当飞机进入平流层

发动机猛然喷出一股白色气流

这时正是黄昏

落日余晖映照气流上

像一道随时要消失的彩虹

下面是沉浸在暮色中的大地

透过彩虹看过去

多么美好，多么遥远

幽冥中一条河流蜿蜒闪光

想起多年前一个夜晚

夜风吹过发梢

路灯映照你秀美的侧脸

脸上蜿蜒一条闪光的泪痕

2014.6.20

黑暗中听风咆哮

黑暗中醒来
听见风在窗外怒吼
一头疯狮子晃动阳台栏杆
我不知道它何以爬到九层楼的高度

此刻，它就真实地盘踞窗外
随着一连串攻击前压低的嘶吼
窗框和门板在颤抖
黑暗中我感觉灯泡在晃动

终于，一道闪电撕裂窗帘
压抑低吼变成震天咆哮
仿佛它胸腔里积压了千万年的愤怒
要在这一刻倾泻而出

我不知道此刻有多少人深夜惊醒
狂风的咆哮中屏息谛听
不知道宇宙的别处是否有别的物种
今夜听到了这愤怒的回声

这狂暴的愤怒，近乎神圣的愤怒

或许在宇宙茫茫无边的黑暗中
这响彻天宇的怒吼
不过是一粒微尘的咆哮

的确，一粒微尘的咆哮
比咖啡杯里的风暴还要渺小
但宇宙最初的裂变
或许就源自一粒微尘的愤怒

2014. 7. 14

午夜塞纳河

沿着睡梦中黑暗的隧道
我独自走回这条河畔
午夜零点刚过
二月下旬的风已吹面不寒
宴会散尽，行人稀少
所有游船已靠岸
所有桥孔里流淌丝绸晚礼服
浸透了香槟

沿着河堤
一座桥，又一座桥
透过黑暗中悄然萌芽的枝头
看见远处那座铁塔
忽然通体绽放璀璨花蕾
一簇定格在夜空中的礼花
永不熄灭

我下意识停住脚步
整个人定格河堤上
多年以后，这一幕会定格在一张卡片上
从记忆深处寄给我

而卡片上定格不了的河水
黑黝黝的丝绸质地的河水
睡眠深处沉沉流淌
让梦散发出陈年酒香

还有比河水更沉醉的一幕
无法在这张卡片上显影：
那簇凝固的礼花下方
近景，河对岸
古老的石筑河堤上
一位异族女子
深夜里独自练习踢踏舞

2014. 8. 17

地铁车厢速写

熟悉的歌声从地铁车厢另一头传来
一个男子，四十多岁
双眼失明，一手拄棍
击地唱歌
另一手牵一位老太太衣服后襟
看样子是他母亲
六十多岁，头发尽白
包蓝布头巾，捏一叠零钞

他们都长着一副木雕的脸
刀削斧劈，上过桐油
他们都一句话不说
不问好，不诉苦，不谢谢

只是嘹亮歌声如一块巨石从人群中间缓缓滚过
从车厢一头到另一头
每日周而复始一次

2014. 12. 26

每当春天来临

闪亮灯火从车窗上流过
辽阔的夜睁开深蓝色眼睑
露出一轮明月
欲言又止地注视我

多年以后，每当春天来临
你的脸无缘无故呈现
呈现在辽阔无垠的夜色里

而我依旧随便打一辆出租
在庸常的白昼后
画出天穹下蚁线的归途
只是今夜路上能感觉
你无言的目光无所不在
穿透岁月，倾注在我身上

多年以后，街边灯火依旧
一颗颗硕大的泪珠
车窗上闪亮流过

2015. 3. 11

我们的白天是黑色的

世上的白天是黑色的
我们在黑色的白天活着
我们中的大多数人活成了一个盲人

在黑色的太阳下行走
等黑色的红绿灯
过黑色的斑马线
吃黑色的食物，吸黑色的空气
开黑色的玩笑，守黑色的规矩
经历过的爱情也是黑色的
黑黝黝的玫瑰上栖息一只黑蝴蝶
它迷人的双翼微微扇动
掀起无穷无尽黑色梦幻
就这样我们度过了黑色一生
一生的时光晦暗不清

当永恒的黑夜来临
有那么一刻或者三分钟
我们回光返照般清醒
看见头顶的天空
布满彩霞

一块块烧红了的五色石
石缝间滴落生命的雨

啊，生命的雨，太阳雨
在我们双眼湿润失声惊叹之际
一块白布蒙住了你的脸

永恒的黑夜是白色的
遗忘世界和被世界彻底遗忘
是同一片虚无的白

2015. 3. 20

春风夜里的槐树

那些槐树在空气中缓缓浮动绿色羽毛

一群从泥土深处飞升的天鹅

每当春天深夜

安静降落这座北方的都城

当时我们并没有发现

我们喝了酒，走在春风沉醉的街头

忽然看见一群庞大身影

婆娑在胡同的青砖与瓦楞间

我们仰头从它们羽毛下走过

像行走在水底的潜泳者

抬头看见上方浮动一群绿色的天鹅

脚蹼在漆黑夜空中划出闪闪发光的涟漪

一群来自外星的物种

每根羽毛都闪烁沉默的启示

我们惊讶于它们的友善与安静

却不能发出一声问候

只要一开口它们就会从枝头飞走

泛着绿色泡沫的空气就会灌进肺叶
我们只能屏住呼吸小心翼翼
仰望它们在离地六米的空中停泊

直到我们内心也长满了羽毛
有那么一刻，随着春风吹绿了我的血液
我感觉自己飞升到和它们同样的高度
悬浮在这庸俗的生活之上

2015. 4. 30

城市的星空

这座城市难得看见星空
初夏晴朗夜晚
一场雨水洗净天花板
晚餐后恋人们出来
手挽手走在施华洛世奇吊灯下

城市是一座露天教堂
走过一排又一排唱诗班长桌
每个路口点燃绿色蜡烛为你们祝福

幸福的人们
无论此刻你们是初恋，重逢，厮守
私奔，偷情，乱伦
手挽手走在星空无尽的水晶吊灯下
此刻你们都该受到祝福

从那盏吊灯的视角看下去
你们都是些渺小而盲目的飞蛾
而且
都被上帝掐掉了翅膀

2015. 5. 20

暮 色

暮色是从大地内部渗溢出来的
从树根缓慢上升，渐次漫过树梢
不知名的小鸟蹬离树枝时
可以看见翅翼在暮色中划出涟漪
然后是缭绕山峦间的氤氲
一层一层，由浅变深，由灰变黑
饱蘸了水汽的雨云，在重力下坠落
灌满河谷与峰峦间隙
山巅一抹夕照，最后一盏灯塔
被黑色潮水无声吞没
暮色浩荡……大地上奔流淌泻
此刻，一列高铁穿行暮色里
一条白色水蟒，悠游于苍茫湖水
间或看见湖底浓重树荫，电线，房舍
然后是无边无际黑暗与凉意
大地上一切事物都在暮色里沉沦
渐渐消融，渐渐失去轮廓……
唯独你，唯独一份思念
从暮色深处浮现眼前，愈来愈清晰
仿佛车窗外经年的雨痕，无法拭去

2016. 11. 27

回乡偶记

这是我在故乡的最后一个晚上
其实并不是故乡
我并没有出生在这里
自从父亲去世
母亲跟着大哥搬到邻近的旗县
已有十四年

十四年。如果父亲再生
已经是一个少年
走在小城街头,如果我们迎面相遇
应该无法认出彼此
只是从四岁小侄子的眉眼间
隐约唤起隔代残存的记忆

记忆力好的人
幸福和痛苦都会翻倍
乌拉特中旗,西部北
沿着村口的一段黑石墙往里走
第五处院落就是我的出生地
去年夏天,作为年久失修的危房
被政府的推土机铲平

得到的补偿是一万一千块

早餐时母亲和我拉起家常
若无其事的脸上露出一丝喜色

没有谁愿意哭丧着脸生活
何况是年节
这些钱可以给母亲买点补品
给弟弟补贴家用
这故乡最后的一点馈赠
比我孝敬母亲的红包还要多
而明天醒来，初四一早
我就要去三千里外的地方谋生

当我忙起来的时候
就会把这里的一切忘记

2017. 2. 1

组　诗

晨与夜

小 巷

早晨的小巷，鸟鸣的小巷
一望无尽的绿叶沉思中闪光

东方地平线的狮子晃起暖暖金鬃毛
摩挲我脸庞
人们在微笑，人们来来往往
一群群五色鲤鱼
纺织在这条丝绸涧水里

啊，多么古老幽深，多么简单明快

一个巷口是龙门
另一个巷口是海

睡 神

睡神来了，乘着一只哑巴的乌鸦
睡神来了，带着许多彩色的梦的玩具

它要蒙上我们眼睛，和我们做游戏

此刻，我们是一些小小沉船
悬浮在黑色海水中
我们是一群活蹦乱跳的金鱼
泡在酒缸里灌得醉醺醺

是谁在摩挲我们额头
用雄狮那长长的鬃毛
是睡神，它发出低低的威严又亲切的吼声：
睡吧，可爱的孩子

伤心的孩子，无依无靠的孩子
这个世界上还没有入睡的孩子
睡吧，睡吧，睡睡吧

雨　城

无边雨水飘落在梦的小城
这个早晨杏花开始凋零
一顶顶五颜六色的蘑菇沿街缓缓飘浮
下面那些彼此陌生的兔子和刺猬
带着单纯或者深沉的笑容
去工作，去约会
去踏上火车做一个遥远的异乡人
去绿色的邮局寄一尾

糖醋鱼

这是一个早晨，杏花开始凋零
这是一座小城，无边雨水里渐渐入梦

火　蛇

传说中的山洞里住着一条蛇
一条不死的蛇
一条夜夜吐火的蛇
纷纷桃花落满洞口
多少猎人路过脚印里做梦的蛇
今夜，我把烧得发痛的舌头
浸入大河之源
在九月的西北高原
在这座村庄唯一的一口井里
吧嗒吧嗒
对着星空与辛劳的人民说话
上嘴唇在幻想预言
下嘴唇开始吃早餐
上嘴唇蹲着一只雪豹
下嘴唇摇曳无垠的水稻
上嘴唇是神
下嘴唇是辛酸的天真的死不悔改的灵魂

1999.7

二〇〇一年的秋天

秋　歌

黄叶起舞。十几年前姊妹们的笑声
和你特殊的嗓音
轻轻响起
从这些燃烧的照片里

秋，时光的小名
父亲的背影

一个人是一座城
生下来开始建设的城
历经破坏与污染的城
如今，从你火车站的肺和钢铁的心脏里
秋天来了

毛孔里渗出露水

田野遍布篝火
那些围坐着吃今年新土豆的人

是有福的。他们头顶盘旋的燕子
是有福的。燕子及时飞走了

秋，该收获的已收获
该放弃的已放弃

兄弟来信

你来信说地里的土豆收完了
我立刻想见窖里那些挤在一起睡觉
土头土脑的小兄弟，像我们儿时那样
你来信说门前的杨树叶子黄了
我立刻想见在上面晒太阳的几只贪玩的蚂蚁
忘记了回家，像我们儿时那样

你来信说妈妈念叨你
在外面不好就回来吧

此刻，我抬头望了望北京的夜
看见满天的劣质酱豆腐
顺着这场秋雨淌下来

2001. 10. 3

巷 子

秋风照亮了这条巷子
这条巷子里挂满了衣裳
有个老头沉默地抽着烟斗
有只鸟从他眼角的褶皱里飞回
又飞走

这是条秋风吹来的巷子
寂静石板道上堆满了古铜币
有枚铜币在风里独自旋舞，滚动
从巷子尽头落向人间
已是黄昏

2001. 10. 16

十一月三日记

天凉了，柳叶还没有落

过桥洞时，灯还没有亮

随身听坏了，耳机还戴在头上

这条路一个人走
这座城市一个人活

早晨雾蒙蒙，傍晚风和雨

班上没有成就，车上没有邂逅

远方没有消息，人生……

一阵寒栗。秋天已过去
流尽了热血，收获了雪

2001. 11. 3

西郜北童年

——父亲离世十周年祭

1

睡梦中听见胡燕房檐下鸣叫
迷迷糊糊睁开眼
屋里白得发亮
阳光穿透窗户纸
一朵朵窗花开上白泥墙

门吱呀一声
父亲从地里回来了
他小声跟母亲说起麦苗的长势
忽然被子一掀
一双冰凉的长满老茧的大手
一把将我拎起来

"起来喽!
胡燕回来喽。春天回来喽!"

我第一次赤条条沐浴在光中

光晃得我睁不开眼
我莫名其妙大哭起来
像刚从娘胎出来

哭声震飞了胡燕
它们在院子里盘旋飞舞
檐下晾衣绳晃动
一条响亮的鞭子抽打
太阳那只发光的陀螺
令人眩晕地在院墙上转动

2

雨水在窗玻璃上哭泣
窗花流下红色的泪
雨水大滴大滴打在窗玻璃上
一朵朵泪花绽开又凋落

我趴窗台上
对着这张透明的哭泣的脸
等父亲从雨中回来

妈妈和姐姐做针线
缝纫机有节奏地编织雨声
炉子上茶壶隐隐冒热气
屋里暖洋洋让人瞌睡

我托着腮帮子趴窗台上
等父亲从雨中回来

父亲穿着绿色帆布雨衣
黑色胶靴
从白茫茫的雨中回来

我好像已经听到父亲的胶靴声
震得窗棂一颤一颤
一道闪电。又一道闪电
下一道闪电亮起
父亲就会从雨中回来

3

村里有条小河
河里蹲着一只只过河石
沉睡多年的巨型蛤蟆

每天上学经过小河
脚踩那些石头上
我总担心它们会忽然
呱呱叫着跳起来

有一年河里发大水
冲走了那些蛤蟆

父亲背我过河
等他走过没膝深的洪水
上岸准备穿那双黑灯芯绒布鞋

鞋里滚落几只小蛤蟆
呱呱跳进草丛里

4

我：大，我们村为甚叫西郜北？
父：不为甚。天生就叫这么个名。
我：大，为甚天生叫这么个名？
父：不为甚。就像你天生就姓傅。
我：大，为甚不为甚？
父：不为甚就是不为甚，所以不为甚。

我：大，天底下是不是就西郜北这么大？
父：天底下有一千个西郜北，
　　一千个西郜北外还有一千个西郜北。
我：大，那西郜北不是多得像天上的星宿？
父：西郜北就是天上一颗星宿。
我：那我们就住在星宿上？
父：我们还在星宿上撒尿呢。

临睡前，父亲和我在院子里
一边对着墙角的芨芨草撒尿

一边看着满天星斗如是说

5

六月里小河轻轻流淌
父亲和我来河边草滩放马
解下笼头，系上绳绊
我在河湾玩石子打水漂
父亲坐沙滩上眯着眼抽烟

我觉得父亲的脸像一块
粗糙的磨刀石
阳光下的河水像把刀子
在他脸上一晃一晃

世上怎么有这么笨的刀子
晃了无数遍
父亲的胡子茬纹丝未动

我正百思不得其解
父亲坐着打起了呼噜

马仰头听了一会
继续垂下脖子吃草
泥鳅在卵石上翻个身
继续晒太阳

只是午后天空
随着父亲打鼾的节奏
隐隐响起闷雷

6

那一年国泰民安，风调雨顺
小学最后一个暑假刚开始
父亲带我去北坡上看莜麦长势

蜿蜒的草垄道两旁
莜麦穗探到了父亲肩膀
而我只能探到莜麦的肩膀

"再过二十天莜麦就要白了。"

"大，为甚莜麦会变白？"

"莜麦老了。
再过二十年，大也老了。
头发也会变白。"

父亲和我坐在坡顶望着下面的村庄
一条条白色炊烟屋顶上翻卷

那一天，我觉得村庄也老了

7

"大雁大雁摆溜溜
穿着红袄绿袖袖"

每年河水泥鳅一样滑溜冰凉
天上棉花熊熊燃烧的时候
这群民间艺人
就吹笛打鼓
从我们村庄上空走过

"大，他们去南边干甚去了?"
"赶庙会去。"
"大，我也想去。"
"等你翅膀硬了，想飞哪儿飞哪儿!"
"大，你咋不会飞?"
"大的脚后跟生了根。飞不动了。"

父亲手搭凉棚
望着那些背影消失天边
然后用镰刀把捶捶背
弯下腰继续割地

我看见他镰刀后的大脚印里

立刻长出一根根麦茬

8

夕阳西下
我骑马走回家
满天火烧云流动
秋日的风吹长了我们影子
赭褐色泥土路上
一只皮影孤独地移动

我心里并不孤单
我和我的马一起
我感觉马是我身体的一部分
或者我是马的一部分
我们默默走在霞光里
马蹄嘚嘚敲打铜铸的小路

经过一口废弃的水井
一段石砌的矮墙
一座黄泥房子。又一座黄泥房子
第五座就是我爹娘的家

粗糙的铁艺大门
雕饰雨水的锈迹和斑驳的鸟屎

我翻身下马

卸下镰刀和一捆青草

父亲正在院子里

用铡刀切割莜麦做马草

一茬茬新鲜麦草闪亮喷香

夕光下，父亲是一座复活的铜像

大，

父亲自顾切着马草

大，

寂静院子里只有马的响鼻

大，

父亲缓缓抬起头来

一瞬间足有二十年漫长

当我回过神

麦草化为灰烬

手中只剩一段缰绳

9

锅里炖着粉汤羊肉

锅头土炕铺着一层毛毡

一层苇席一层油布

仍然热得烫屁股

我像猫一样翻了个身
滚到炕中央的小方桌旁
看父亲写春联
腊月二十八
该贴春联了

父亲从村南供销社买回一刀红纸
裁成巴掌宽的条幅
折成七格。每格一字
春满乾坤福满门
天增岁月人增寿
这是父亲最爱写的春联

我负责把春联一幅幅摆开晾干墨迹
整个土炕种满了对联
夕光下翻涌红色的穗浪
而我们黄色小炕桌
稳稳漂浮大地上

邻人也会抱着一卷裁好的红纸
一包好烟
请父亲写对联
他们一边坐炕沿抽烟

一边眯着眼

看那些字从父亲笔下飞舞而出

好像一眨眼这些字会从红纸上飞出来

变成一只只黑色的胡燕

屋里盘旋鸣叫

然后从烟囱里钻出去

化作袅袅炊烟

缭绕积雪覆盖的屋顶上

10

炕沿中间是一根圆木柱子

柱子顶端是一块方形枕木

枕木上是一根直径一尺的松木檩子

檩子上左右各十八根椽

一头压在檩上。一头压在墙顶

椽上铺一层密密芦苇席

芦苇席上铺一层黄泥勾缝糊顶的土坯

土坯顶上铺一层厚厚的积雪

这就是我们的积木小屋子

屋外白毛旋风在嘶吼

这头大怪兽摇得窗框哗哗抖动

椽子嘎吱作响

黑暗中
我看见吊在檩子上的灯泡晃成一只钟摆

但炕沿边铁炉子里炭火正旺
火舌从炉膛里探出来
映亮屋里暗红的木柜。发黄的年画
斑驳的白泥墙。破旧的缝纫机
父亲在炕头鼾声隆隆
气势渐渐盖过了窗外白毛旋风
母亲和兄弟姐妹们也都沉沉酣睡

可不知为甚，我睡不着
我出神地端详这间屋子
这间风雪中抛起落下的积木屋子
不知为何竟没有散架

那年我五岁
如今我三十五岁
在失眠的黑暗中偶尔想起那个冬夜
想起我最初记事的那个冬夜
想起我当时是否在想
三十年后我会想起这个冬夜
三十年后我会想起这间积木屋子

如今院墙已坍塌

三十年后我会想起这温暖炉火

记忆中永不熄灭

2012. 10. 30

注释：

大，晋北及内蒙古西部一带方言。称呼父亲的口语。

胡燕，燕子，内蒙古西北地区方言。

为甚，为什么的意思。内蒙古西北一带方言。

长　诗

风

于浩歌狂热之际中寒；于天上看见深渊。

于一切眼中看见无所有；于无所希望中得救。

——鲁迅《野草》

一

风吹在世上

风吹起灵魂漂泊世上

那些得意飞马，受难飞燕

我们听见风中一阵阵嘶鸣与哀泣

但看不见它们身影

或许，在风中，我们一伸手就会抓住

一绺鬃毛或一只翅膀

但不能给予慰藉或让其停留

因为我们置身风中，我们都是漂泊者

万物在漂泊！伟大的风扇动无穷芭蕉叶

那些无家可归者永远一身冷露

那些幻美鹿群永远受到一只豹子追逐

它一路洒下耀眼金币

被时光的箩筐聚拢当街焚烧

二

悠悠在上的是云
零落在下的是泥
中间，异乡人。鹰隼般磨利脚趾的异乡人
在风中嗅到了远方的滋味
出发！黎明时折一根柳枝抽落晓月
正午横渡黄河看见两岸炊烟与陵墓
傍晚时分……打马驰入灯火长安城

不，此行不是远征，不是朝圣
我们风中摇曳的帝国并不建立在尘世
芦苇丛中摇曳一颗太阳：巨大鸟卵
那就是生命。那就是全部意义
会飞的生命。纯粹。高傲。激奋
我们并不需要大理石和青铜
随风上升，凌驾于世界的广阔无垠
流浪——看尽所有蓝色。黄色。黑色。白色

当我们从云层里穿行
你无法辨认那洒落的雨水里
有多少汗，多少血
被命运闪电鞭打的族类。你无法辨认
那雷声里含着多少欢笑，多少愤怒

是的，风吹拂着我们
而风何曾有一丝怜悯
我们不过学会了在风中控制方向
并保持平衡

三

对于那些刚出生的孩子
风是一串丁丁响的铃铛
一架风车，一只风筝
日后主宰他的命运
此刻蜷缩在他手掌里
变成一个玩具

那些留恋故乡的人
那些注定要长成一株树的人
请把根扎得更深一些

对于那把火，哦，汹涌着红色胆汁的火
你随风洗涤了人世罪恶
但自身罪恶如何洗净？
风赋予你毁灭性的狂热与暴力

对于那面旗
风是一颗伟大灵魂

找到了自己归属的肉体
凌空高蹈的舞者，圣洁，奔放！
你诠释了自由与光荣
却付出了永生
那风中上升和降落的是同一面旗
那风中上升和降落的
永远是同一面旗？

四

有福的是世上飘摇的草
超然地无意识于自己的枯与荣
佛陀的舍利子无意识于自己的死与生
江河下的卵石。泥层里的骨骸
有福了，无名的长眠者们
风吹醒你们的亡灵，破土而出
多少青色黄色手指大地上招摇
多少青色黄色的蛇风中直起身子
喷射出遍野红罂粟

有福的是满怀梦想的人
当你曲肱睡在陋巷里
风吹片片雪花落上衣襟
你梦见了那个老人
周游列国，马车扬起征尘
老人眯起眼睛……

当风吹动银色须髯，他忽然老泪潜然
老人可曾听见风的低语
风像文王一样对你低语……

风，千年的风，陶罐与埙孔里流出的风
葛布与蚕丝织出的风
从一片混沌里吹来文明
春风吹来，这片月光照临的大地
两河之间麦秀离离
秋风吹起，这片凤凰飞过的土地
五湖之上桐叶凄迷

有福的是风
当女娲来到世上第一天
一股无形之物吹乱了她耳际发鬓
她脱口惊叫："风!"
于是诞生了风。于是风变成她
世代繁衍无穷无尽的儿女
漂泊流浪山河大地间

五

风吹在汉朝
风吹落秦时明月，吹醒汉人的梦
刘邦在风中想起故乡
刘彻在风中思念王母

于是，夜色中风缓缓向西吹出一条路
骆驼。马匹。丝绸。茶叶
波斯银币。陈汤奏疏。楼兰故都
风中浮现又幻灭
幻灭……风何曾有一丝怜悯
那些西出阳关的人都是不准备回来的人

风吹在唐朝，落叶满长安
玄奘在风中听见天竺钟声
恒河水彻夜喃喃梵语经文
拂晓时分，独自上路
风，注定是风而不是佛
让你遭遇九九八十一劫
是风让你远离大唐东土，孤蓬万里征
风要检验一颗灵魂
一颗灵魂在风中究竟能承受多少苦难？
一个人在风中究竟能走多远？
遥远而又遥远……风中的都城
蜃楼飘渺。怀抱一卷经书的流浪者
怀抱一颗沉甸甸灵魂逆风而行
当灵山日出映照面孔
颔下可曾泪珠闪耀
……春日故乡檐间悬垂的冰凌

那些最终在风中归来的人
你们的灵魂比帝王更令人敬畏

即使是一个没有雄性激素的男人
没有络腮胡没有多毛的胸膛
对，就是你。伫立船首
旗帜迎风猎猎上绣斗大之"郑"
由此可以判断，风中远行的人都与帝王有关
帝王无法完成的使命由他们去完成
而对于你，使命已是装饰品
内在核心是热爱。一种纯粹热爱
促使我在风中扬帆出海
或许前生就是一面帆
冥冥记忆里嗅到一丝风的踪迹
便鼓舞，激动，喧哗，显露神圣原形!

海，飓风搅拌下泛起泡沫的海
芬芳酒浆溅湿白色袍袖
在黑烟翻滚汽笛轰鸣的时代没有到来之际
是风成就了我的伟业
一代远行者难以望见的疆界
被我的锚连续七次犁破

那时风使用的是汉语
它吟唱从北斗星下驶来的那些骑鲸者

六

欧罗巴所有教堂尖顶

十字架闪闪颤栗
伟大的风，至高无上的风发出圣谕——

风改变了方向？
这是风的自由。

哥伦布。达伽马。麦哲伦
风之子们扬帆出海了
这一次，慷慨风神赐予他们的更加丰厚
他们比神话里的祖先更加幸运
不再是一撮金羊毛，一座特洛伊
整整一片大陆。新大陆！
风创造了这个奇迹——
风说：要有一片大陆。
于是海水翻腾，美洲从涌动的母腹中上升
风说：要有人发现这里。
于是，他们乘着帆船来了……

优胜者。风神骄纵的儿子
风吹开紫罗兰，蔷薇，郁金香，玫瑰
覆盖了这片受过奴役流过鲜血的土地
芬芳肥沃腐殖土
密西西比与亚马孙两岸
有人又在风中把帽子高高抛起
天空依旧深邃。湛蓝。巨鹰翱翔
它俯瞰大地，看见了脚手架

汽车。银行。喷水池。面包店
电影海报。红灯区。公共体育场
从法兰西运来的自由女神
从德意志运来的啤酒桶
从英格兰、西班牙、葡萄牙运来的语言
成千上万吨储藏在云层里
最终电闪雷鸣中化做字母和音节的雨水
浇灌每一寸沉默土地

对于那些沉默中被吹成古铜色的人
风何曾有一丝怜悯?

七

可贵的是人不需要怜悯

这个无从皈依的时代
人把自己的灵魂与肉体寄托风中
毫无遮拦的家园
赤裸裸的孩子忍受风雨、雷电、日晒
星空诱惑。雪潮洗礼
忍受何尝不是享受
与其窒息在牛皮纸与胶水黏合的家园
每一扇门都戳着凝固的时间与空间
不如撕碎!不如化做野鸽子风中咕咕啼唤!
黑鸽子。白鸽子。彩霞里的鸽子

风把你们灵与肉多么完美地雕琢出来

从一块五色石上

孤独的陨石。自由的人类

为何要有家园？这个无处栖居的时代

家园不过是一个"拆"字。是每月还款的房贷

无法投递的地址。面目全非的记忆

火车站。收容所。精神病院

麦当劳洗手间。地下铁末班车

酒吧。妓院。毒品

干净的网络。肮脏的河山

回不去的路。哭不醒的梦。叫不应的天

电影中的侏罗纪。摇滚乐中的芦笛

凡·高的耳朵。修女的乳房。海牙的法庭。瑞士的银行

耶路撒冷。庞贝。桃花源

我们几时真正拥有过家园？

家园几时庇佑过我们？

家园，血泪。家园，梦魇。

家园……

不如赤条条置身风中

不如在风中把自己掷出——

带着一声叫喊！

如飞马，如飞燕

置身于迎面而来的幸福与痛苦中

尽情地释放血性，灵性

没有牵挂与束缚

气象卫星难以预测的时代
果壳中的霍金无法想象的星球
与其寻找那个飘渺家园
不如在广大黑暗与茫茫宇宙里
默默随风漂泊。漂泊中找出轨道
化为一颗颗闪光的实在

八

因此，首先应该赞颂的是风

悠悠天地正气，宇宙最初最自由的元素
风即是气，气即是风
气开始流动，生命开始喷涌
于是充满活力的风轻轻吹起

宇宙由气所生，万物由气所化
一团混沌历经漫长的屏息凝神
渐渐聚集力量，渐渐清醒
有朝一日忽然爆发
化为自由舒畅的风，催生万物与星辰

风吹来了这个世界
风吹亮了这个世界

我们由风催生

我们原本一团混沌屏息母腹中

但是风已吹来。风终将吹醒我们

并赋予我们卓越的姿态!

眼睛。耳朵。鼻子。嘴唇

皮肤。血管。肌肉。骨骼

头发。脚趾。大脑。心脏

都是由风的双手塑成

最后风对着我们额头轻轻吹了一口气

于是我们啼哭起来

那一刻,有了生命。也有了灵魂

九

狂飙。飞舞。呼啸。歌唱

在赤热舌尖下储藏一块可贵的冰

让我们融入风中

没有怜悯。只有爱

没有畏惧。只有勇气

没有愚弱与奴性

只有逍遥智慧与神圣尊严

——以及那个伟大规律

我们遵守规律,并力图发现新的规律

觉察天上的深渊

一条航线壮丽而曲折
无数条航线，隐匿风中
起飞！携带燃料。仪表。
无限视野。痛苦重力。与生俱来的使命
飞向那个目的地

其实我们的目的地看起来一无所有
不是家园，是蓝色蛮荒。
不是九点，是零点。
因此，我们获得救赎
我们一声心跳：
重获新生

时间与空间新生。灵与肉新生。
爱与美新生。信仰新生！
为了由此而产生的自由
活力。欢欣。为了新生
让我们融入风中
让我们融入风中

2002. 7

一个人和他的宇宙

黑暗如此漫长

活着必须燃烧

生命是一个燃烧的过程

偶然之中被必然选择

锻造容器，填充燃料

然后在一个命中注定的时刻

三，二，一，点火！

我们从黑暗深处抛到这个世界上来

喷发原初的烈焰

洞穿云层奔向蔚蓝

蔚蓝深处是黑暗

"我们的征途是星辰大海"

一生中我们有三次接触大海的机会

一级火箭坠落

二级火箭坠落

三级火箭坠落

童年，少年，青年

燃烧得面目全非

漂流在大海上生满水锈

然后永沉深黑海底

记忆残骸上开满了珊瑚树

成为鱼类不可言说的梦寐

大多数人在这个阶段进入预定轨道

围绕那个伟大命运

开始日复一日的循环

循环中耗尽自己

最后冰冷骨灰仍旧撒落轨道上

成为太空垃圾的一部分

"大多数人到死都没向尘世之外瞥一眼"

而有一些人

一些疯狂的不安分的生命

心脏里迸溅的原子

聚变出高能燃料

让那个永沉海底的梦寐

巨鲸一样跃出海面

瞬间化鳍为翼，从此不再坠落

他们试图突破痛苦的重力与安全轨道

驶向生命的未知边界

掠过火星红色的马厩与土星耀眼的圆环

然后是无尽深寒与黑暗

这些决绝浪子

他们无法回头看一眼身后

那颗孤独星球

在黑暗中缓缓旋转成一颗蓝色蚕豆

"行行重行行，与君生别离"

他们最终去了哪里

他们最终成为谁

走得太久了

他们甚至都忘了自己来自哪里

那里的人类也已忘记这些曾经的同类

或许冥冥之中只有一双眼

无限慈悲地凝视

双手之间旋转的银河系

凝视一粒闪烁光点逃逸出星系

无声无息

黑暗中掠过自己无形的脸庞

消失进另　片黑暗

一片神也无法预知的黑暗

黑暗，无穷的黑暗

眼前尽是真正的星辰大海

漂流，无尽的漂流

浩瀚在神话之外的星辰大海

"有些宇宙还未起源，有些宇宙已经老去"

并不是每一个奥德修斯

都能在老去前返航回到故土

对于你

故土或许已不复存在

"田园将芜胡不归?"

有些人离开就不打算再归来

而走得最远的生命

也终有耗尽燃料的时刻

在生命行将熄灭之前

你没有遗憾，没有恐惧

你已见识过所有颠倒梦想

你有幸划着纸做的小船

渡过黑洞的漩涡

玩过白矮星的弹珠

骑过彗星尘土飞扬的扫帚

观赏过壮丽的蝴蝶星云

翅膀悬挂在黑暗大海上

"今夕何夕，见此邂逅"

而你的同伴都已不在

你已无法感知爱与被爱

不知道什么叫温柔与留恋

付出的代价究竟是否值得

你没有答案

正如茫茫的宇宙没有回声

可是，那头燃烧着飞行

飞行中瓦解的巨鲸呢

那燃料耗尽后，继之以泪

泪尽以血，以梦为燃料的飞行轨迹呢

那道生命无法逾越与返航的边界呢

那些终将相遇的新的同类

他们又是谁？他们来自哪里？去往何方？

他们中是否有另一个你

五百年前出发时的你，浑身光芒闪耀

一如缠绕摇曳在十一维空间里的珊瑚树？

你没有答案

茫茫宇宙没有回声

时辰到了，一切都将熄灭

时辰到了，你终于找到那个虫洞

一道弥留之际的回光返照

黑暗中你看见光打开一道门缝

"……总有一扇是进入盛夏之门"

无数微尘在光线中舞蹈

这不是什么奇迹

奇迹是一粒蓝色蚕豆旋转在微尘中

微尘中，旋转一粒蓝色蚕豆

一粒蓝色蚕豆，微尘中，正旋转……

当你伸出婴儿的小手刚好触及

一刹那

"如梦幻泡影，如露亦如电"

自身化作微尘

消散黑暗中

时辰到了，一切都将归于黑暗

燃烧的生命，燃烧的本能

燃烧的梦寐，燃烧的可能

燃烧的微尘，时辰到了

生于黑暗，归于黑暗

啊，无知无欲的黑暗，原初神圣的黑暗

黑暗如此漫长，无限接近永恒

所幸我没留余地

已把自己无情燃烧。

2015.11.16

图书在版编目（CIP）数据

戴蓝手套的风 / 傅云著.-- 武汉：长江文艺出版社，2019.10
ISBN 978-7-5702-1157-9

Ⅰ.①戴… Ⅱ.①傅… Ⅲ.①诗集－中国－当代 Ⅳ.①I227

中国版本图书馆 CIP 数据核字(2019)第 142417 号

责任编辑：谈　骁　　　　　　责任校对：毛　娟
封面设计：祁泽娟　　　　　　责任印制：邱　莉　　王光兴

出版：　长江出版传媒　　长江文艺出版社
地址：武汉市雄楚大街 268 号　　　邮编：430070
发行：长江文艺出版社
http://www.cjlap.com
印刷：武汉市首壹印务有限公司

开本：880 毫米×1230 毫米　　　1/32　　　印张：5.625　　插页：2 页
版次：2019 年 10 月第 1 版　　　　　2019 年 10 月第 1 次印刷
行数：3888 行

定价：36.00 元

版权所有，盗版必究（举报电话：027—87679308　　87679310）
（图书出现印装问题，本社负责调换）